KB260432

송악산 염소 똥

송악산 염소 똥
이애자 시집

초판 인쇄 | 2006년 10월 25일
초판 발행 | 2006년 10월 30일

지은이 | 이애자
펴낸이 | 신현운
펴는곳 | 연인M&B
디자인 | 이희정
기 획 | 여인화
등 록 | 2000년 3월 7일 제2-3037호
주 소 | 143-874 서울특별시 광진구 자양동 680-25호 (2층)
전 화 | (02)455-3987, 3437-5975 팩스 | (02)3437-5975
홈주소 | www.연인mnb.com / www.yeoninmb.co.kr
이메일 | yeonin7@chol.com

값 7,000원

ISBN 89-89154-68-5 03810

송악산 염소 똥

이애자 시집

연인 M&B

황금의 실타래를 풀어내던 햇덩이가 서서히 수평선 아래로 잠긴다. 붉게 직조된 노을이 통째로 산허리를 감싼다. 흑염소 식솔들은 혼자 익힌 예서체처럼 듬성듬성 등성이를 내려온다. 풀들도 종일 바람에 묻은 소금기를 털어낸다.

저 순명을 거스르지 않는 것들, 그 귀갓길이 아름답다.

송악산, 내 일터이자 글밭이다.

산을 코앞에 두고 '송악산이 어디예요' 묻는 곳.

일제 강점기와 4·3의 상처가 아직도 남아 있는 곳.

언제나 수평선을 향해 엎디어 있는 산, 말과 염소에게 등허리를 내주는 산.

내 글의 주 소재는 송악산이다. 산은 많은 것을 내게

준다. 조금만 욕심을 부려도 넘치거나 모자란 것이 시조다. 3장 6구 12음보라는 틀 안에 조탁하는 일이 그만큼 어렵다. 그러기에 매력 또한 크다. 잘 정제된 언어는 하루아침에 만들어지는 것이 아님을 안다.

「송악산 염소 똥」을 첫 시집명으로 걸었다. 염소 똥은 꼭 환약처럼 생겼다. 굴러도 티 하나 안 붙을 만큼 밀도 있는 시를 썼으면 하는 바람에서다.

"송악산 가시바람엔 한약 냄새가 난다. 지금 내 차창 밖에선 염소 떼 까맣게 환을 빚고 있다."

3·4 3·4 3·5 4·3 노을에 취한 귀갓길이 경쾌하다.

2006년 가을
이애자

제1부

제2부

제1부

초특가
세일처럼
눈이 밤새 쌓이고

체감온도 영하
설 무렵 내 주머니 속

뽀드득
겨울을 씹는
송곳니가
시리다.

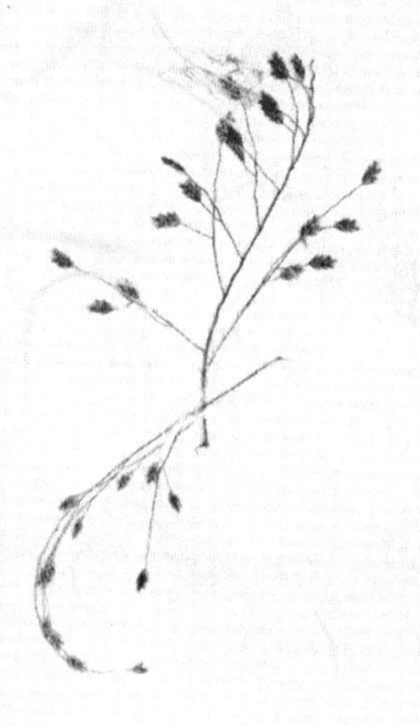

고드름

초특가
세일처럼
눈이 밤새 쌓이고

체감온도 영하
설 무렵 내 주머니 속

뽀드득
겨울을 씹는
송곳니가
시리다.

모슬봉 뻐꾸기

내 여태 그 큰
그늘인 줄 미처 몰라
불가마 녹이는 한낮
물 한 잔 건네주며
눈 밑에 시름까지도
덮어주려
했으니,

불안도 예보인 듯
뼈마디 쑤시는 밤
이마에 선 바람을
몇 번이고 만져 보다
퍼렇게 치닫던 바다
지레 놀라
퍼렇던.

저기 저 산세만 봐도
자리돔 살찌는 오월
집 떠난 둘째 생각
젖은 밥술 뜨다 말고
무쇠 솥 가슴 속 앓던
살보리 까맣게 탄다.

시월,

핑 도네,
오만 설움
가을 끝을 적실 줄……

순순히 등을 내민 풀꽃들을 밟고 와

밤이면
가슴 후비는
내 창가에
바람
소리.

안개 들녘

하얀 갑사 들녘에 침 묻힌 4B연필로 밑그림을 그리다
가 지워 다시 그리다가 그래도 시원찮아서 지우고 말아
버린.

힘들여 써넣은 시어들을 지우자
무거운 짐 내리듯 가뿐해진 백지(白紙)를 보며
들녘에 가벼이 앉은 안개꽃의 깨우침.

삶아 빤 묵은 호청 손질하는 들녘에
새실 트는 봄을 풀어 풀 먹이는 오월
한 조각 하얀 구름을 체로 걸러 뿜는다.

수선화

미색에 금잔은대(金盞銀臺)
네 근본이 궁금하다

몰락한 사대부거나
수선쟁이 딸이거나

은하계 어디쯤에서
왕따 당한
별이거나,

긍정도 부정도 아닌
푸른 수화의 냉가슴

오늘도 외진 자리
습한 눈길 돌리며

다소곳 동토에 내린
그대 의지
향긋한.

가을 연서

또르르 반복하여
보낸 문자 메시지
하늘하늘 재운 불빛에
수신불가, 지울까요?
고추장 벌겋게 비벼
눈물나게
먹는 가을

해묵은 목소리가
반만히 고미운 날
보내도 되돌아온
수취불명의 부호 같은
쓰르르
쓰르르 쓰린
쓰르르
쓰다 구긴.

풍경 일지

탁발에 지친 구름 말벗이 그리운지
슬며시 승복 벗고 힘을 빼는 노을녘
콧잔등 먼저 붉히며 세상 속으로 쓰러져.

굽혀야 살 수 있다는 이 시대의 율법처럼
손금에 굽이치는 내 삶의 기압골 따라
봄 한철 안개비 내려 고사리만 키우고,

이제야 알 것 같다 섬 속에 섬만한 마음
가끔은 맨 정신에 취한 듯 바람이 불어
나 이제 그리움의 깊이 헤아리고 있느니……

우수 무렵

삭혀서
맑아지는
그 나이 언제쯤일까

메주를 씻다가
손끝에 만져지는

어머니
한겨울 같은
뒤꿈치가
서럽다.

오래된 계단

고화질 햇살 앞에 명암이 엇갈린다
결결이 만능공구 손때 묻은 난간에는
아버지 수액이 흐르던 푸른 날도 있었을,

저 하나 바라보는 식솔들의 눈빛에
몸으로 버틴 생애가 예각으로 기울고
답 없는 가을 그 길로 폐색 짙어 가더란……

뒤늦은 시간에 와 붉은 주단을 펴는 낙엽
독주에 목마르던 하늬바람 뒤꿈치로
식물성 신음소리가 삐걱삐걱 밟히더라는.

이월

빈 가지 위로
천국의 곳간을 푼다
흰죽 같은 눈발,
잠시 뜸을 들이는 사이
푸릇이 눈을 비비며
겨울 끝에
선
목련.

아직 끝나지 않는
겨울 그 집행유예
우울한 색조들이
하나씩 지워지고
유채꽃 난쟁이걸음
손전등을 켜고 온다.

한치

투명한 것들은
수족관에서 현란하다
고깔모 나 어린 무녀
춤사위가 끝나고
한 생의 프로펠러가
불시착한
도마 위,

아무래도 신명을
거부하지 못했나 보다
살아 받치는 꽃다운 나이
작두 타네, 작두 타
저 뽀얀 물살 가르며
내 혀끝을
녹이네.

무화과의 가을

쉽사리 판독되지 않는 멍울들이 잡히고
어머니 백팔번뇌 까닭 없이 지는 저녁
때 이른 보일러 소리 목젖까지 뜨겁다.

햇살이 짧아질수록 기도가 길어진다
앉은 채 체위를 바꿔 또다시 손을 모으는
칠순의 어깨 너머에 낯빛도 슬픈 가을……

숨 죽여 앓는 소리 하늘 귀에 닿았구나
서둘러 청심환 같은 열나흘 달이 떠
바람 든 무명 뼈 위로 은박지를 풀고 있다.

마늘 까기

내 아우 콧물 눈물
헝겊인형 옹색 같은
통통 분 햇마늘은
어머니 발가락이었네
해질녘 이랑에 앉아
황토빛에
물들던.

팔 남매 올망졸망
접에 끼듯 살아서
때묻은 시간 잠시
껍데기를 벗겨내니
제 핏줄 아린 맛이야
속살 깊이
박힌 걸.

섬 민들레

한창 사십 줄에
날릴 것 다 날리어
하루만 앓고 나도
속까지 노란 이 봄
늦도록 엎치락뒤치락
불을 끄지
못하고,

낮출 것 낮춰 봐도
내 봄날은 샛노랗다
못 배운 탓만 같아
섬을 떠나보내는
외숙모 짓무른 눈가
부러 활짝
웃는다.

멸치

한 폭 가슴에
온기마저 흘러내려
별 하나 담지 못한,
하루 벌어 하루 사는
외삼촌 술상머리에
친구처럼
앉아서……

은도금 다 벗겨진
새벽별이 지고 있다
하루 품 팔고 사는
인력시장 끝물쯤
국밥집 비릿한 지폐
바짝바짝
마르고.

힘없어 이름조차
멸시당한 작은 것들
세상사 마른 것은
마른 것끼리
달동네 뼈저린 일들
또 한 소망
우려낸다.

목련을 기다리며

한겨울
혼자 앓던
그 속 다 물이 되고

우러러
삼월이면
난수표로 별은 떠

연둣빛 심을 세우다
뜬눈으로
봄 오네.

고등어의 눈

비릿한 돈 돌아앉아
펴다 세다
펴다 세다
글 모르던 어머니의
벽에 쓰신
상형문자
썰물에 기울던 달빛
눈시울이
푸르다.

불나비

함부로 뛰어든 날
오월 볕에 어질머리
들찔레 새하얀
다듬이질 위로
꼬박 샌 꽃들의 염원……

촛농보다
뜨거워.

백열등 몽유도원
그 파장이 너무 짧다
추락은 날기 위한
워밍업일 뿐이라고
또 하루 암시를 걸어……

착각 속에
사는 거.

한 번쯤,
빛나는 나래 무모해지고 싶어
다 접고 헛치기라도
부딪쳐 보는 거다
가로등 충혈된 아침……

홍차 같은
햇살이.

애상(哀想)

이 가을 들녘에 선
오 늙은 베르테르여!

버짐 핀 하늘 아래
지쳐 사윈 억새밭 지나

슬퍼라, 엉겅퀴 한 송이
내 옆에 와 서 있네

오늘도 묵묵부답
산을 넘어가는 구름

그 뒤에 새털구름
그림자가 슬퍼져

이 가을 족한 슬픔이
내게 손을 내민다.

제2부

바다에 풀어놓았나 산이수동 하늘자락
섬 두엇 가까이 불러 수평선 안에 가둬놓고
바다는 송악산 절벽 사자수염 쓸고 있다.

햇살이 하루 종일 헛 그물질 하는 사이
흰 꼬리 이물에 대고 방어 떼를 쫓는 배
내일은 비가 올려나 숭어들은 날뛰고.

이 봄 산이수동 순도 99 은빛 바다
선명한 수평선은 그리움의 눈금 같고
형제 섬 소금 핀 얼굴 전설처럼 아프다.

산이수동 바다

바다에 풀어놓았나 산이수동 하늘자락
섬 두엇 가까이 불러 수평선 안에 가둬놓고
바다는 송악산 절벽 사자수염 쓸고 있다.

햇살이 하루 종일 헛 그물질 하는 사이
흰 꼬리 이물에 대고 방어 떼를 쫓는 배
내일은 비가 올려나 숭어들은 날뛰고.

이 봄 산이수동 순도 99 은빛 바다
선명한 수평선은 그리움의 눈금 같고
형제 섬 소금 핀 얼굴 전설처럼 아프다.

유월 길

더운 밥 한 그릇에
생각도 한 그릇씩

바닥에 마르다가
하얗게 뿌려놓은

어머니 식은 밥 같은
개망초가 피었다.

실뿌리를 딛고 선
배고픈 아침 햇살

단잠 깬 어린 풀꽃
진자리를 갈고 있다

바람도 비켜 선 유월
길 하나를 내면서.

매미 한때

아직 남은 명줄의 수치를 생각하며
누군가가 숨 막히게 주판알을 튕길 때
경로당 고목나무에 이별의 단문을 쓰는,

죽어라 삶에 묻혀 지나온 시간 뒤로
귓전에 섞던 소리 발기어 내는 순간
여름내 향유 나르던 바람꽃들 떨어져.

절망의 가지가지 달라붙는 회한으로
마침내 다 쏟아내고 홀연히 안식에 드는……
순례자 마지막 잠언이 이 하루를 달군다.

미역

달빛 다 흡혈을 끝낸
그믐밤 어둠 같은

암갈색 인조머리에
비누질하는 바다

눈물 밴 대머리 인어
한숨소리
들리어.

태(胎) 묻힌 바다에
소금 같은 세월 살아

알맞게 간이 들 듯
편한 날이 있었을까

어제 뵌 어머니 얼굴
퉁퉁
불어 있었다.

모슬포 꽃멸치

저무는 동일리 바다
풋감에 물들인 듯

만선의 깃발들이
화관무를 추며 온다

은발의 노리개를 단
비단 행렬 앞세워.

모이면 다 같이 살고
흩어지면 죽는다고

하루에도 수백 번씩
모의 훈련하고 있다

반자동 편물기처럼
짜였다가,
풀었다가.

소아병동 인동꽃

꽃들의 긴 행렬에
성한 자도 아픈 오월
투병 끝에 성긴 머리
바람도 돌아서서
미어진 눈물방울을
링거 줄에 숨기는,

뿌옇게 병실마다
소독약이 뿌려지면
무균실 어린 풀꽃
불안한 잠결 속에
팔뚝을 기어오르는
푸른 정맥이 아리다.

긴 병상엔 병든 자만
병든 것이 아닌 것처럼
연한 살 뚫고 나오는
연두빛깔 손톱처럼
그늘진 머리맡 딛고
인동꽃이 피었다.

팔손이 그늘 아래

빌붙을 곳 하나 없이
바람마저 끊기고
오늘 저 노숙의 밤
울음소리 까만
잠 설친 새끼 고양이
젖은 등을
쓸다가

각반을 찬 채
잠시 붙인 낮잠이 달다
다 뜯긴 면장갑 위로
파랗게 깎인 하늘
오백 년 조선 도공의
깨진 낮달
줍다가

성애 낀 새벽별이
서서히 녹아들쯤
늦가을 푸른 땀방울
아침 산행이 가뿐한
팔손이 거르지 않는
육각수를
찾다가.

물 같이 스민 별 하나

늦사랑 야반도주
소문만 무성했다
뜨는 둥 마는 둥
허기 오른 광대나물
보랏빛 취중진담에
가을 끝물
다 태우고

먹을수록 휘어지는
없는 자의 허리처럼
추울수록 뜨거워지는
서출 푸른 속마음처럼
물 같이 스민 별 하나가
토닥토닥
달랜다.

싹

뜨란에 수북하던
지우개똥 같던 눈발

겨우내 곁가지가
가 갸 거 겨
깨치더니

환하네, 어느 순간에
목련나무
눈뜨네.

우기의 해바라기

지상의 꽃 하나가
저지른 금기로 하여
장대비 빗금 지어
면상에
와 박히는,
스스로 천형의 길목
해바라기
서
있다.

숭배할 하늘 향해
더듬이를 세우다
비 오면 비를 맞아
그리움을
식히는
사람
찢어진 우산을 끌며
질척질척
칠월이
온다.

하얀 상소

삼백 년 풀리지 않는
추사(秋史)의 혼백일까
섬 바람 잔칼질에
베어내도 자라나는
명치 끝 돌멩이 하나
그리움이
박혀서,

마지막 상소 한 장
머물 갈아 쓰던 날
절절히 쏟은 눈물
구겨 번진 하늘가로
섬 억새 머리 풀고서
뭍을 향해
서 있다.

동백꽃 떨어지고

돌돌 뜬 눈망울들
살얼음에 보채고 나면
서릿발 뽀득뽀득
어금니 물던 새벽
돌아선 무른 가슴에
또 하루
핏물 지고,

목숨도 낙장불입인가
도박 같은 세상
막판까지 몰고 간
일간지 싸늘한 비보
중독성 하얀 낮달만
알약처럼
풀리어……

동백꽃 생각 없이
그냥 툭, 지는
관심 밖 또 한 송이
낭자한 추락
바람도 하얗게 질려
오던 길을
비튼다.

거미

생의 마지막에 가서야 덫에서 풀린
팔월, 아침 햇살 소리 없는 난사에
집요히 살 뿐인 우산
허공에다
펴놓은 채……

아들 셋 딸 다섯은 고혈압 수치셨다
산 입에 풀칠 바빠 바늘 끝 세우시던
아버지 빛나는 투망
죽어 저렇게
깁고 있다.

뱀장어

저만한 필체라면
획에도 비늘이 돋을 것 같아

단전을 끌어 모우는
일필휘지의 날렵함

푹 고운 삶의 풍미가
묵향보다
진하다.

고추잠자리

이제 막 공회전 끝내고
싸리 끝에 앉은 구월

잠자리 세상에도
색깔론을 따지나

빨갛게 비무장지대
촉수 곤두세운다.

홍시

가는귀
무의탁 노인
피붙이가 그리워

햇살도 횡으로 가는
비포장 언덕배기

삼촉등
까치밥 하나
처마 끝에
달았다.

겨울 멀구슬

곶감 같은 겨울 해가
실눈에 걸린 오후
구십 평생 가가호호
꿰듯 산 풍경 속으로
저승길 요령소리가
딸랑딸랑
들린다며,

푸른 저 보자기 속
하늘이 궁금한지
침침한 눈 비비며
안경알 닦던 손목
금도금 자석 팔찌가
생의 빛을
잃어가네.

조랑말 따라 나서던
연자주 열일곱 살
곱지 않은 곁가지로
온 식솔 그늘이 되어
먼저 간 지아비 앞에
이제 손을
내미네.

제3부

그래도
수적으로 밀어 붙이는 걸 보면

휘어져 산다는 게
타협만은 아닌 것 같다

실허리
바람에 굽힌

강
아
지
　풀
　강
　아
　지
　　풀

강아지풀

그래도
수적으로 밀어 붙이는 걸 보면

휘어져 산다는 게
타협만은 아닌 것 같다

실허리
바람에 굽힌

강
 아
지
  풀
 강
아
  지
   풀

뻘기꽃

죽어서야 다리 편다는
유월 무덤가

하늘에 붓끝을 세운
저 저의는 무엇일까……

춥구나, 비목을 적시는
서릿발이
춥구나.

엉겅퀴

산 날을
되짚어 보면
절반은
파란한 죄목

복판을 가르고 가는
바람 한 줄 멈춰 섰다

희끗한
비전향 세월
목발보다
아프게.

수국(水菊)

울 밖에 숟갈 물고
눈빛 희게
선
칠월

먹어도 허기 도는
객짓밥 십여 년에

부뚜막
물 오른 얼굴
고향 길목
밝히네.

접시꽃

초여름
마파람
그 탓만은 아닐 게다

가출에서 돌아온
어린 꽃다지야

빨갛게 조카 녀석이
울담 밖에
서
있다.

개불알꽃 1

61

눈 녹은 땅 끝에도 피가 돌기 시작했다

첫물 마수걸이
한참 잡고 실랑이 하는

잠시 푼 3월 햇살에
천민들 다
모였다.

개불알꽃 2

고모님 살아서는
일만일만 하시더니

흙투성이 피멍울 든
손톱들이 빠져나와

모슬봉
공동묘지에
새벽같이
피었네.

개불알꽃 3

파르르
떠는 모습
이레쯤은 될 성싶다

조미음 같은 햇살
쪽~ 쪽
빨고 있는 것이

무덤 위 저 말라 비튼
젖꼭지가
슬퍼져.

개불알꽃 4

봄 되니 내 뜰에도
눈물이 흔해져

마스카라 파랗게
떨리는 손끝 손끝

약속도 갈 곳도 없어
사월 볕에
번지네.

개나리

날 풀려 병아리장수
등짐 속에 지고 온 봄

콩깍지 아이들을
담장 밖에 모아놓고

실눈 뜬 병아리 가슴
태엽줄을 감네요.

벚꽃

스스로
몸을 낮춘
4월 하늘 아래

중산간 내리 닿던
저녁 불길 속으로

아우성, 귀를 막아도
뼛가루가

날

　　린

　　　　다

냉이꽃

실핏줄
세우는 일
이 봄 역시
힘겹다

돌소금만
휘 뿌려도
입이 달던
그 손맛

어머니
사월 고개가
아슴아슴
그리워.

할미꽃

하룻밤 개꿈인들
봄날이 그립단다
발 뜸한 오월 저편에
혼자 수그려
함초롬 곱던 날들을
시울 붉게
더듬는.

은빛 단발만 봐도
왕년을 짐작케 해
앵콜도 그림자도
바람조차 떠난 지금
호시절 서치라이트 같은
봄 햇살이
슬프다.

감꽃

삼칠일 금줄 앞에
실바람이 맵차다

팽팽히 젖줄 당기는
연초록 짧은 울음

질긴 끈 팔삭둥이의
까만 배꼽이
떨
어
진
다.

분꽃

누가 저 풋내기의
입술을 훔쳤을까

9월이 다가도록
분첩 닫지 못하는

자줏빛 첫사랑 앞에
립스틱이
슬픈
너,

갯메꽃

날달걀 같은 달이
울혈 문지르는 밤

슬머시 빠져나와
손나팔을 불곤 해

수평선 검푸른 입술
독기마저
풀곤 해.

살아도 꼭 모래밭에
운명이다
내린 뿌리

초여름 미열에 고운
폐병다리
꽃이여,

휘영청 패물함 펴논
밤바다를
엿보네.

제4부

바람도 모슬포에선 별 하나를 더 단다
무시로 초록부대 이랑마다 찾아와선
이등병 육쪽마늘의 사열식을 받고 있다.

내린 뿌리 깊더라, 씨 한 톨 눈물 한 톨도
초승달 걸어놓고 줄담배만 태우던
개방의 일파만파에 손톱 밑은 노래져.

요 며칠 잠잠하던 바람소리 불안하다
간간이 마늘밭에 귀를 대고 있노라니
저만치 파릇한 맥박 봄을 끌어당기고.

풀 죽은 어깻죽지 파스자국이 맵구나
각이 진 농투성이 속이 푸른 밤이면
십수 년 삶의 향기가 알싸하게 박히는.

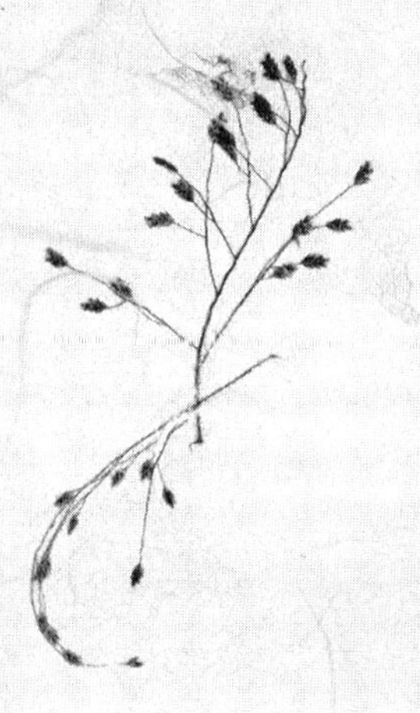

겨울, 모슬포
―마늘밭

바람도 모슬포에선 별 하나를 더 단다
무시로 초록부대 이랑마다 찾아와선
이등병 육쪽마늘의 사열식을 받고 있다.

내린 뿌리 깊더라, 씨 한 톨 눈물 한 톨도
초승달 걸어놓고 줄담배만 태우던
개방의 일파만파에 손톱 밑은 노래져.

요 며칠 잠잠하던 바람소리 불안하다
간간이 마늘밭에 귀를 대고 있노라니
저만치 파릇한 맥박 봄을 끌어당기고.

풀 죽은 어깻죽지 파스자국이 맵구나
각이 진 농투성이 속이 푸른 밤이면
십수 년 삶의 향기가 알싸하게 박히는.

겨울, 모슬포
―포구에서

어부의 틀니 같은
방파제 저물녘
문턱 하나 없이
겨울바다가 쓸쓸하다
철새 떼 임시 거처에
불 지피고
가는 노을.

쏴르르 면도질 끝에
꽃등불을 켜는 바다
흥청대던 선술집도
절반쯤은 떠난 지금
또 한 번 만선의 꿈에
푸른 닻을
올린다.

겨울, 모슬포
―겨울 이랑

새로 편 영농일지 여백으로 남겨 둔
해마다 빈 통장에 연체이자 골은 깊다
보름날 고수레 석 잔에 비틀비틀 누운 이랑.

백골이 진토 된들 먹고살기 힘들어라
막바지 결의문에 지장 찍는 낮달이여
성토다 서명날인이다 칠레칠레 바람은 분다.

오늘도 겨울이랑 타는 사연 전해 온다
똥값 밭떼기 거래 상인마저 뜸해진
배추 무 될 되로 되라 체념한 듯 누렇다.

손톱

뜻대로 누리다가
스스로 박혀 사는
못난 돌이어도
모서리는 지니듯
원초적 원초적으로
비수 하나쯤 품고 산다.

깎이어 순해지는
제주의 오름 마냥
바람은 늘 그렇게
틈을 주지 않있어도
길들여 마르고 닳도록
사는 법을 배웠다.

살아서 산 빛 훔친
그 죄밖에 없느니
어딘들 뼈 있는 목숨
뼈아픈 일 없으랴
산방산 초사흘 달이
참숯돌에 날을 간다.

불꽃놀이

송악산 섯알오름 벌써
봄이 왔다는데
타성바지 까치 녀석도
세 늘려 잘산다는데
오십 년 신경쇠약에
비쩍 마른 소나무야.

지금도 오부 능선
낮달 그 봉인을 풀면
넋할머니 숨겨 산
청상과부 내력 말고도
화르르 진달래 꽃밭
혼불 붉은
사월이네,

풀꽃은 풀꽃대로
고 작은 전구를 켜며
백조일손 가는 길
색색이 밝힌다는데
이념에 뒤엉킨 사지
짜 맞추며 가는 저승.

유채꽃 노란 군무
리허설은 끝이 났다
불, 불, 맞불을 놓아라
불이라면 환장할
광목천 북북 가르며
이 봄 환히
사르자구나.

송악산 염소 똥

1

송악산 가시바람엔
한약 냄새가 난다

산은 염소 똥을 먹고
염소는 산을 먹는다

굴러도 티 하나 안 붙을
저 성깔로 생겨서.

2

쇠똥구리 집채만한
고집으로 살아온

험한 길 마다않고
절벽 타던 목마름이

바다빛 결백함으로
송악산에 뿌린 풀씨.

3
한나절 무용담으론
끝이 없을 늙은 염소

이 빠진 저 외뿔로
터전 닦던 내력들이

송악산 벼랑 끝에다
말뚝 박아놓는다.

알드르 보리밭

산 자며 죽은 자까지 통곡소리 멎지 않은
뼈 속도 시린 겨울 청상 같은 별이 떠
오늘 뉘 누명의 눈물 보리밭에 흩뿌리나.

세상일 더러더러 담 쌓고 산다지만
우~ 우~ 알드르에 증언 같은 바람 일면
서릿발 맨 몸으로도 보리 싹은 돋아나,

평생을 알드르에 얼룩으로 묻어 둔 채
구멍 난 섬 자락을 조각조각 기워내던
질기디 질긴 보리밭 이 겨울 더 푸르다.

* 알드르 : 대정읍 남쪽에 위치한 넓은 평야. 일본 강점기에 군용기 격납고, 군용비행장 및 예비검속학살터, 백조일손 묘역 등이 있다.

송악산 가는 길

맞바람에 돌아앉은 풀꽃들의 뺨이 붉다
저물녘 바다 추위 윗목까지 차오르면
마늘밭 감자밭머리로 폐비닐을 당기는 곳.

섬 뜨던 밀항선에 할머니의 해는 긴데
송악산 들마루에 나와 앉은 유채꽃들아
파르르 한겨울 그새 봄 눈빛을 담았구나……

푸른 불꽃 저으며 섬들을 일으켜 앉힌
저물도록 졸인 햇살 하늘가에 눌어붙고
바람은 솔가지 꺾어 산등성이 어르고.

백조일손 혼불들이 노을 켜는 산이수동
푸른 속내 뒤집어 산빛 물빛 다 보인다며
해마다 탄원서 쓰던 억새꽃을 헤며 간다.

모슬포의 봄

그러려니 그러려니
혼잣말 타박처럼……
또 한 차례 똥값시세
된서리를 맞고도
감자밭 비닐물결이
만조를 이루는
봄.

강진댁 음담패설
깔깔깔
숨넘어가네
서리 낀 삼월 들녘
배추 속 같은 햇살
화산토 오금에 저린
얼굴들을
확 펴네.

톳나물 오돌오돌
살짝 데쳐놓으면
앉은뱅이 밥상 위로
파릇파릇 오르는
초무침 모슬포 바다가
입 안 가득
출렁여.

풀씨

난개발 목발 따라
이삿짐만 싸는구나
일조권 박탈당한
피 마른 얼굴하며
눈물도 사치라는 걸
그렇구나
널 보면.

흙에도 흐르다가
막혀 고인 피가 있다
포장길 틈에 앉아
멍울진 젖을 짜던
아파라, 바람에 실어
산 번지로
옮기고.

뚝뚝 밟힌 상흔들이
그대로 길이 되었다
쓰러진 뼈를 세워
또 한 번 길을 지우는
언 땅에 쓴입 녹여 온
촛불 행렬
일렁인다.

소라

꽃잎도 죄명 씌워 봉오리로 지던 시절
끝끝내 발설 않던 눈자위 다 풀리고
바람만 언뜻 불어도 습관처럼 웅크린,

말없이 골진 가슴 지병인 양 쓸며 살아
피다 만 꽃머리에 가시 박힌 면류관이여
끊어진 소식 들으려 귀를 닫지 못하네.

송악산 쑥부쟁이

송악산 이마 위로 굽 닳은 가을 하늘
온 종일 걸어온, 그 길 맞닿은 곳에
마흔 살 부르튼 낮달
일수처럼 찍히던.

삶의 비탈에선 그리움도 빗금 쳐
가물가물 쑥부쟁이 수평 끝에 기우는 밤
달빛에 공무도화가
송악산을 적신다.

제주 고사리

1
제주 고씨 성을 가진
여린 듯 질긴 씨족
바람도 제주에선
아낄 것은 아낀다
꺾이고 쓰러진 자리
보란 듯이 솟아서……

2
피 묻은 자국들을
지우고 간 자리에
새벽 별 고여 있는
덜 깬 실눈 비비며
종서로 한 획을 그은
하늘 향한 결의가,

3

억새 틈 가시 속에
이끼인 듯 남아서
토벌대 군홧발소리에
숨는 법만 배워 온
빨치산 마지막 아끼던
순갈 하나 꽂혀 있다.

빨간 청개구리

웅덩이 썩은 물에도
하늘은 깃을 내려

천성산 지율스님
백일 단식 풀 즈음

빨갛게 토막잠 자던
겨울잠이
더
달다.

겨울, 산방산

한겨울 입산금지 팻말을 걸어놓고
맨몸에 굽이쳐 와 낮춰 우는 바람소리
산동백 낭혈을 밟고 등성이에 오른다.

그 옛집 호롱호롱 불빛들이 그리워
한눈에 사계마을 호구조사 다 끝내고
때 늦어 마을 어귀에 천 근 몸을 부리는,

검푸른 대패질에 물마루 깎는 겨울
각양각색 소원들이 탑 위에 탑을 쌓지만
묵묵히 바다를 향해 가부좌를 틀었다.

겨울, 송악산

한 치의 웃자람도
허락하지 않을 듯
강점기 살얼음에
날을 갈던 모슬포 바람
엎디어 비수를 감춘
겨울 산이 푸르다.

와르르 무너질 때도
순종만은 아니었으리
살 터진 등성이마다
선지처럼 굳은돌들
그 틈새 추위를 견디는
질경이의
넋으로.

눈발에 수묵 한 점
삽시에 얼룩진다
해질녘 어미염소
통통 분 귀갓길에
목 잠긴 뿔나팔소리
산허리는 휘어져.

인고의 수사학

김 진 하
(문학평론가)

이애자의 시조는 인고의 수사학으로 이루어져 있다. 그녀의 시조는 삶의 괴로움을 강인한 정신으로 견디고 바라보며 극복하려는 노력의 흔적들이다. 그의 작품들은 한 계절의 끝이나 일상의 한순간에 변화의 계기들을 날카롭게 포착하여 삶의 고통과 희망을 드러낸다. 그에게 계절의 변화나 일상의 흐름은 고된 노동이나 긴장으로 이어지고 있어서 그 어느 곳에서도 편안한 웃음이나 여유 있는 숨결이 끼어들지 않는다. 그의 시편 어디를 보더라도 삶은 편하게 주어지지 않는다. 시조의 제목이자 시적 대상으로 제시되는 것들은 대부분 작고 약한 자연물인데, 그 작고 약한 자연물들은 혹독한 자연의 생태 앞에서 간신히 자신을 버티며 삶을 이어나가고 있다. 매서운 겨울이 끝나갈 무렵에 눈을 틔우는 목련이나 유채꽃, 민들레나 할미꽃, 혹은 바다의 산물들인 미역이나 멸치 등은 삶의 시련 앞에서 시인이 얼마나 힘겹게 버티면서 희망을 지켜나가고 있는지 짐작케 해준다. 꽃을 노래하지만 그녀의 꽃들은 바람 찬 들판에 핀 들꽃이어서 그때 삶의 희망이란 가까스로 고집스럽게 버티는 생명이 만들어내는 아스라한 희망이다. 사회와 역사를 비판할 때에도 소외와 탄압을 받아온 힘없는 자들의 기억이다. 한 마디로 시인이 자연을 바라보든 인간사를 보든지 간에 언어로 옮겨놓고 있는 것은 삶의 고통인데, 그것은 내면적인 것이 아니라 현실적인 것이다.

그녀의 고통은 존재론적이라기보다는 현실적이다. 그의 시에서 주목하는 삶의 괴로움은 현실의 가난이자 역사의 수난이다. 사회의 외곽이나 변방에 사는 사람들의 힘겨운 삶이 선명한 모습으로 드러난다. 그것은 시인 자신의 삶뿐만 아니라 주변의 가족들, 어머니의 모습, 외삼촌의 모습, 고모의 모습 등을 통해서 드러나며 계층적인 현상으로 확대된다. 시인은 그 속에서 그들과 함께 아파하고 보듬으며 살아간다. 사실 그 외곽은 본원적으로 시인이 자리 잡게 되는 시인의 처소인지도 모른다. 그러기에 가난과 강퍅한 세상사에 대한 시인의 성찰은 끝내 현실의 고통에만 그치지 않고 삶의 근원적 고통에 대한 인식으로까지 심화되어 '어딘들 뼈 있는 목숨/뼈아픈 일 없으랴' (〈손톱〉에서)는 잠언적 고백으로 생생히

드러나는 것이다. 삶의 고통을 느끼는 지대가 살이 아니라 뼈라는 것, 그것은 다시 말해서 시인이 감각보다는 더 깊은 정신적 시선으로 그 고통을 바라보고자 함을 상징한다.

그런데 현실의 가난을 두고 시인이 가지는 마음의 자세는 두 갈래로 나누어지는 것 같다. 현실의 가난 앞에서, 가난을 바라보되 흔들림 없는 위엄으로 견딜 것인가, 아니면 현실 속으로 뛰어들어 모순과 고통을 말할 것인가 하는 것이 그것이다. 다시 말해서 삶의 현실을 응시하며 성찰할 것인가, 발언할 것인가 하는 두 가지 태도가 그의 시에서는 엇갈리고 있고 그에 따라 대상에 대한 시점을 결정짓는 것 같다. 또한 응시와 발언이라는 정신의 두 가지 운동은 더 나아가 시의 수사학을 결정짓고, 장르적 선택과도 연관되는 것 같다.

먼저 시집의 맨 앞에 놓인 〈고드름〉을 보자.

초특가
세일처럼
눈이 밤새 쌓이고

체감온도 영하
설 무렵 내 주머니 속

뽀드득
겨울을 씹는
송곳니가
시리다.

추운 겨울 처마 끝에 매달린 고드름을 바라보는 시인의 눈길은 편안하지 않다. 물질의 풍요를 외치고 소비를 권장하는 이 시대에 시인의 주머니는 비어 있다. 그만큼 그가 느끼는 체감온도는 낮다. 시인은 그 추운 겨울을 더욱 춥게 견디어야 한다. 그 추운 겨울을 견디어 나가는 강인한 의지는 섬뜩하기까지 하다. 고드름의 모습이 송곳니에 비유될 때 거기에는 한이 서린 적의마저 느껴진다. 그밖에도 가난한 삶을 뾰족한 수 없이 받아들이고 견디어야 하는 삶의 장면은 이어진다. 설 무렵을 넘어 목련이 눈을 비비고 난쟁이 걸음으로 유채꽃이 피어나는 〈이월〉을 넘어가는 마음의 풍경도 가볍지 않다.

시인은 계절의 변화 속에서 자연의 현상의 단면들을 떼어내어 삶을 암시적으로 보여주기도 하고 자연을 배경으로 삼아 복판으로 나서기도 한다. 자연과 인간의 삶이라는 두 개의 현상이 병치되면 그것은 알레고리가 된다. 〈섬 민들레〉를 보자.

한창 사십 줄에
날릴 것 다 날리어
하루만 앓고 나도
속까지 노란 이 봄
늦도록 엎치락뒤치락
불을 끄지
못하고,

낮출 것 낮춰 봐도
내 봄날은 샛노랗다
못 배운 탓만 같아
섬을 떠나보내는
외숙모 짓무른 눈가
부러 활짝
웃는다.

이 시를 보면 봄이 희망을 주는 계절이라는 짐작을 가지는
것도 얼마나 섣부른 것인지 알 수 있다. 화사하게 피어난 민
들레 노란꽃이 시인에게는 삶에 지쳐서 앓고 난 뒤의 창백한
노란 빛이다. 사십 줄에 가까운 나이에도 불구하고 가계 형
편은 여의치 않고 항상 자기를 낮추며 겸손하게 살아도 힘겨
울 뿐이다. 오히려 겸손한 자에게 더욱 가혹하게 기회가 주
어지지 않아 시대의 학벌주의를 낮하게 되는 민초의 삶이 고
스란히 묻어나온다.

그런데 위의 작품을 읽으면 이중적인 암시기법이 뚜렷하
게 전개됨을 알 수 있다. 사실 이애자의 시조의 의미는 애매
성을 특징으로 보이고 있다. 이중적 의미라는 뜻에서 애매성
은 이 시에서 한 줄씩 새삼 두드러진다. 앞에 놓인 것을 먼저
보면, '한창 사십 줄에' 라는 말은 시인 자신의 직접적 발언
으로 이해한다고 하더라도 '날릴 것 다 날리어' 에서 '날린
다' 는 말은 삶에서 모든 것을 잃어 버린 피폐한 상황에 대한
단순한 서술에 그치지 않는다. 그것은 동시에 민들레의 모습

이라는 것을 금방 알 수 있다. 그것을 민들레의 모습으로 읽으면 '홀씨를 다 날려 버렸다' 는 진술이 된다. 그러면 다음 중장에서, '하루만 앓고 나도' 가 인간의 고통을 의미하는 것 같지만 '속까지 노란 이 봄' 에서는 고통으로 속이 누렇게 마른 것을 암시하면서도 민들레의 노란 꽃술을 말하고 '이 봄' 에 초점을 맞추면 힘없이 노란 봄날의 햇살이라는 여운까지 남기는 것이다. 이중적 의미작용이 여기에까지 이어지면 마지막 장의 '늦도록 엎치락뒤치락/불을 끄지/못하고' 라는 대목도 괴로움에 잠 못 이루고 몸을 뒤척이는 사람의 모습이면서 끝내 삶을 포기하지 못하고 바람에 흔들리는 여린 민들레의 모습이 겹쳐진다. 시조라는 문학 양식이 애초에 우의(알레고리)를 주된 특성으로 한다는 점에 비추어 보면 이는 자연스러운 결과로 볼 수 있는데, 이런 기법들은 이애자의 시조에서 자주 나타난다. 그의 수사법은 어휘의 직접적인 중의성을 이용하는 경우도 있고, 형상의 유사성을 빗대는 경우도 있는데, 그것은 〈뱀장어〉나 〈한치〉 등에서 잘 나타나 있다.

한편 가난과 쓸쓸함을 강인한 정신으로 견디려 할 때, 그것은 종종 정태적이다. 견디는 정신이란 흔들리는 대상 세계를 흔들리지 않는 시선으로 바라보는 자세에서 가능하다. 우의든 아니든 대상 세계가 운동할 때 견디는 정신은 운동에 저항하기 마련이다. 견디는 정신이란 근본적으로 자신의 운동을 불안으로 의식하는 심리적 위기에 놓여 있는 것이다. 심리적 위기에 처한 마음이 명증하고 강하게 자신을 세우려고 할 때, 정신은 스스로 움직임을 억제하고 대상과 거리를 두고자 하며 그것은 내면적인 방향에서는 자신의 감정을 지우는 전략을 택하기 쉽다.

> 저만한 필체라면
> 획에도 비늘이 돋을 것 같아
>
> 단전을 끌어 모으는
> 일필휘지의 날렵함
>
> 푹 고운 삶의 풍미가
> 묵향보다
> 진하다.

시인이 〈뱀장어〉를 바라보는 눈길은 외삼촌의 술상머리에 안주로 오르는 마른 〈멸치〉와는 다르다. 뱀장어에 대한 시선은 객관적인 관찰로 이루어진다. 뱀장어의 형상을 일필휘지로 쓴 붓글씨로 볼 때, 그것은 철저히 시각적이다. 그리고 그것을 바라보는 시선은 맑고 냉정하다. 종장에서 푹 고운 삶의 풍미를 맡지 않았다면, 다시 말해 대상을 후각으로 끌어들이지 않았다면, 이 작품은 언어로 그려낸 문인화의 탁월한 성취로 남을 수 있었을 것이다. 〈뱀장어〉에 바로 이어지는 〈한치〉 역시 특별한 관찰력을 보여준다. 수족관 안에서 현란하게 헤엄치는 한치가 고깔 쓰고 춤추는 어린 무녀처럼 보이기도 하고, 바람을 일으키는 프로펠러처럼 보이기도 하는 것이다.

자연적 대상을 또 다른 대상으로 치환하여 바라봄으로써 세계 현상에 거리를 두고 사물의 이면을 파악하는 시인의 눈길은 날카롭고 깊다. 하지만 평시조 형식으로 담아낸 선비적 정신성은 시조를 하나의 극점에 위치시키고 마는 한계 역시 뚜렷하다. 시인 자신의 정신적 태도를 흔들림 없이 견지하면서 자연현상이나 사물에 정신을 투영할 때, 그것의 특징은 시각적 현상으로 비유되거나 고착된다는 것이다. 대상을 바라보는 정신이 정결한 긴장 속에서 응시할 때 현상은 고정된 단편들로 나누어진다. 또한 생활의 고통에 대한 시선을 거두고 순전히 인문적인 거리로 세상을 냉철하게 파악하고자 하는 시인의 태도는 대체로 경색되는 경향이 없지 않다. 더욱이 이애자 시인의 작품들은 삶에 무관심하거나 달관한 상태에서 이루어지는 것이 아니라 애써 삶을 극복하려는 정신에서 이루어지고 있으므로 그다지 자유롭지 못하다. 그가 자연물을 한순간 시적 대상으로 파악하여 포착할 때, 그것은 감정의 이입을 가급적 억제하려고 하므로, 대상 역시 차가운 비유의 대상으로 포착되어 드러나는 것이다. 그러기에 이애자 시인의 평시조들은 현대시의 짧은 형식을 보는 듯한 느낌을 준다.

삼칠일 금줄 앞에
실바람이 맵차다

팽팽히 젖줄 당기는
연초록 짧은 울음

질긴 끈 팔삭둥이의
까만 배꼽이
떨
어
진
다.

〈감꽃〉이라는 제목의 이 시조를 보면 시각적으로 배치한
형태의 특징이 두드러진다. 현대에 이르러 시조의 여러 가지
갱신의 시도 이후에 이런 형태의 시조를 만나는 것은 흔하게
되었는데, 이런 시조를 대하면 시조가 자유시의 형식과 크게
다르지 않은 모습으로 시도되고 있음을 볼 수 있다. 노래의
한 형식이었던 시조가 음악적 성격을 버리고 조형적인 양식
으로 이동했음을 확인하게 된다. 흔히 시조의 정형으로 이해
되거나 시조를 음송하는 가락으로 간주했던 음수율이 여기
서는 잘 느껴지지도 않는다. 중장과 종장에서 시조 가락을
짐작하는 것은 이 시조의 가락이 전통적인 시조 가락에 잘
들어맞아서가 아니라 거꾸로 이 시조를 읽은 독자가 시조라
는 틀을 먼저 상정하고 읽을 때라야 그 가락이 느껴질 정도

이다. 온전히 감각적인 서술이면서 환유적인 암시로 이루어져 있어 그 흐름을 따라가기에 어렵지는 않다. 어쨌든 이 시조는 음송에 맞는 형식에서 언어의 시각적 조형으로서의 시로 이동하는 특성을 보여주고 있다.

그렇다면 조형적 시로써 시조는 온전히 제 뜻을 다 펼 수 있을까. 시조가 평시조를 고수하는 한, 조형적 시는 밀도 높은 인식의 시, 짧은 언어로 깊은 뜻을 환기하는 상징의 시가 되기 쉽다. 이런 점은 우의와 풍자에 능했던 전래의 시조가 음악성을 바탕으로 발화적 성격을 고스란히 간직했던 것에 비해, 현대시조는 시각적 조형 속에서 오히려 독백적 관찰로 제한되기 때문이다. 다시 말해 읊기 위한 시와 읽기 위한 시는 애초부터 시인이 제 언어를 목소리로 내보낼지 눈길로 쓰고 읽을지 선택을 강제할 수밖에 없는 것이다. 현대시조가 평시조의 단형성을 고집할 때 시인은 이런 형식적 요구 앞에서 길항할 수밖에 없다. 현대시조가 조형적 요구를 따라가면서 알레고리를 담고자 할 때 그것이 작품의 밀도를 높여줄지, 너무 좁은 옷을 입듯 불편해지지는 않을지 쉽게 말할 수는 없다.

어쨌든 시조시인 이애자의 경우, 현실을 응시하며 독백의 언어로 조형적 형식 속에 시(조)를 구성하고자 할 때, 우의의 성격은 상징적으로 전환되고 있다. 전통적인 시조의 초장·중장·종장 삼행이 한시의 기·승·(전)·결을 담기 어려웠

듯, 관조적 응시 속에서 시조의 전개는 기·서·결의 구조로 마무리되기는 쉽지 않을 듯하다. 그러기에 이애자의 시조는 이미 제목에서부터 상징적이거나 우의적인 의미를 담고 시작되는 것이 아닌가 싶다. 그의 시조를 읽으면, 제시—전개—귀결의 흐름보다는 먼저 제목 속에서 그 대상물이 매우 뜻 깊은 상징물로 제시되어 있다. 그 제목을 상징적 제시로 읽지 않으면 그의 시조의 첫 장은 종종 생소하거나 갑작스러운 제시로 모호하게 느껴지기 쉽다. 시의 제목이 시의 전개에서 상징적 제시로 주어지는 이런 면모는 이애자 시조의 가장 뚜렷한 특징으로 보인다.

정형시로서의 평시조의 틀을 고수하면서 시를 쓴다는 것은 어휘의 제약과 싸우는 일이다. 사실 우리말에서 '—처럼', '—같은'이나 '—같다'와 같은 조사들은 비유를 용이하게 해 주지만, 쉬운 만큼 운율의 긴장을 상투적으로 만드는 것 또한 사실이다. 그러기에 현대의 시조시인이 그러한 조사들이 들어가는 비유법을 버리는 순간, 시는 훨씬 암시적이거나 상징적인 것으로 바뀌는 것이다. 그것은 근원적으로는 삶과 사회에 대하여 발언하기보다는 세상의 변화 속에서도 흔들리지 않는 자신의 마음의 태도를 바라보려는 자세를 가질 때 더욱 두드러진다. 이 말은 달리 말하면 세상에 대해 발언하려고 할 때 시조의 양상도 달라짐을 뜻한다.

전체 4부로 나누어진 이 시조집을 읽어 나가면 삶의 고통을 응시하는 견고한 정신이 느껴진다. 아주 어려운 생활의 고통이 암시될 때도 그것이 평시조의 단형에 묶여 있을 때는 시적 대상이 환기될 뿐이다. 여자의 시이면서 여자의 고유한 모성이나 감정도 여간해서 느껴지지 않는 작품들을 읽어 나가는 일은 시인과 함께 세계의 시련을 정신으로 견디는 일처럼 느껴진다. 하지만 세계의 고통이 너무 큰 탓일까. 1, 2, 3부에 나타나는 시들은 대부분 거의 유사한 목소리와 눈길로 나열되어 있다. 여기서는 인식의 구조나 상상의 세계가 드러나는 것 같지는 않다. 그것은 대부분 약하고 작은 들꽃들을 소재로 한 비슷한 소재들이 반복되어 나타나는 양상과 무관하지 않은 것 같다. 그의 시들에 나오는 식물성의 소재들은 인식의 구조화보다는 관념의 동기로 주어져서 정태적인 느낌을 준다. 시는 표현이고, 따라서 시는 말 꾸밈에서 벗어날 수 없지만 또한 시는 인식이기도 하다. 시조가 노래의 영역에서 시의 영역으로 제 위치를 바꿀 때, 한 대상이 수사학적 변모를 보이는 것과 마찬가지로 인식의 구조를 형성해야 할 필요도 있다. 이런 요구는 현상의 응시와 자기 관조를 통해 정신적 인식의 구조를 시조형식에 담으려는 현대시조가 필연적으로 부딪치게 되는 막다른 골목일지도 모른다.

한편 시인이 응시하려고 물러서는 것이 아니라 사회적 발언을 제시하려고 나아갈 때 시의 양상은 전혀 달라진다. 사회 현실이나 역사에 대한 비판적 발언을 하는 작품들은 훨씬

직설적이고 그 뜻도 명확해진다. 앞서 제목만 언급했던 작품
〈멸치〉를 보자. 말라비틀어진 멸치가 '하루 벌어 하루 사는/
외삼촌 술상머리에/친구처럼' 앉아 있다. 외삼촌의 술자리
는 보잘것없는 안주로도 이미 한참 길어진 것 같다.

　　은도금 다 벗겨진
　　새벽별이 지고 있다
　　하루 품 팔고 사는
　　인력시장 끝물쯤
　　국밥집 비릿한 지폐
　　바짝바짝
　　마르고.

　'은도금 다 벗겨진/새벽별'은 은빛 비늘이 다 벗겨진 멸치
의 모습과 겹쳐진다. 새벽별이 질 무렵의 시각, 그것은 날품
팔이의 인력시장이 끝날 때쯤의 시각이기도 하다. 그 시간은
얼마나 더디 가는 시간일 것인가? 그 시간은 생존의 연명을
기대할 아주 가녀린 희망을 기다리는 시간이다. 그리고 그
시간은 어느 한순간에 주어진 초조한 시간이 아니다. 사실
그 시간은 새벽별이 빛을 잃기를 수도 없이 반복한 시간, 아
주 오래된 멸치가 그 생명의 기운을 잃고 한없이 말라온 시
간이기도 하다. 그러니 국밥집에 내민 몇 장의 지폐도 그 시
간에만 마른 것이 아니라 가난한 이의 주머니 속에서 손에
쥐인 채로 얼마나 오래 전부터 바짝바짝 말라 왔을 것인가.

한없이 늘어지는 이 고단한 가난의 삶 속에서 외삼촌의 속도 마르고 그의 입술도 말라 왔을 것이다. 그러니 이 시에서는 모든 것이 마르고 있다. 물기 있는 생명에, 여유 있는 삶에 목마르고 있다. 그 바싹 마른 시간이란 이미 역사적 시간인 것이다. 멸치가 말라 온 시간보다 더 길게 이어진 고단한 삶이 말라 온 시간이다. 그 삶은 우연한 한 개인의 삶의 모습이 아니라 힘없고 가난한 계층의 삶의 모습이다.

힘없어 이름조차
멸시당한 작은 것들
세상사 마른 것은
마른 것끼리 모여서
달동네 뼈저린 일들
또 한 소망
우려낸다.

정치적인 권력도 경제적인 재력도 없고 이름도 내세울 수 없는 계층은 말라비틀어진 멸치 무더기와 다르지 않다. '멸시당한 작은 것들'에서 '멸시'는 '멸치'와 소리의 유사성이 겹쳐져 작은 것들의 알레고리는 더욱 강화되는데, 그것은 더 나아가 멸치와 멸시당하는 사람들 사이의 친화성에 도달한다. 세상의 이치란 것이 비슷한 처지에 있는 것들은 끼리끼리 모이게 되어 있다. 그것이 사회적 계층을 이룬다. 달동네라는 곳은 하나의 계층의 상징적 이름이다. 그런데 주목할 것은 사회적 약자들의 연대감이야말로 삶에 힘을 주고 희망을 준다는 것이다. 달동네의 뼈저린 일들이 하나의 소망을 우려내는 것은 여기서 시적 비약이 아니다. 그것은 고통에 대한 연대감이 만들어내는 심리적 연금술의 결과이다. 그토록 기나긴 시간 동안 물기 없이 애타게 말라 온 삶에 생명의 국물을 줄 수 있는 것은 아픔을 함께 나누고 함께 울 수 있는 고통의 연대감에서만 비롯되는 것이다.

하나의 시에 이토록 긴 얘기를 담을 수 있는 것은 고통의 응시가 아니라 고통에 대한 발언으로 시인이 태도를 전환할 때 가능하다. 그런 발언을 시도할 때 평시조의 짧은 형식으로는 말하고자 하는 내용을 속 시원히 담기 어려울 것이다. 시조의 양식의 변천에서 볼 때 사설시조의 특징이 이전과는 다른 문학적 담론의 형식을 만들어냈넌 사실에 비추어 보면 이는 어렵지 않게 짐작할 수 있다. 이 작품집에서 눈에 띄는 것은, 응시와 발언이라는 시점이 혼재한다는 것인데, 후반부로 갈수록 발언의 양상이 두드러지면서 연시조 형식으로 기울어짐을 볼 수 있다. 전체적으로 보면 3부 말미에서부터 사회현실과 역사에 대한 비판의식이 발언의 의지와 만나고 있다. 그것은 그에 걸맞은 양식을 요구하고 있어서 4부에 이르면 연시조 형식이 더욱 두드러지게 많이 들어 있다. 또한 시조의 수사학도 변화하여 암시나 은유보다는 직접적인 묘사나 우의가 자연스럽게 주어지는 빈도가 높다.

　제주도 대정의 모슬포와 송악산 주변은 거친 기후로도 잘 알려져 있지만 역사의 광풍이 몰아쳤던 곳이기도 하다. 그러기에 그 주변의 풍광들은 시인에게 그냥 자연의 바람과 햇빛이 아니다. 시인에게 그 풍경은 일제 강점기의 흔적과 4·3의 비극이 여전히 되살아나는 기억의 장소이며, 개방과 자유무역의 광풍 속에 산업생산의 토대를 상실한 농민의 한숨이 서린 곳이며, 황폐해진 바다에 간신히 희망을 걸어야 하는 어민들의 꿈이 서린 곳이다. 풍경의 의미는 항상 역사적인 것임을 그녀의 시조들은 서늘한 언어로 드러낸다. 거친 자연 풍광이면서 혹독한 역사의 알레고리이기도한 이 풍경을 시인은 마음에 그리며 흔들림 없는 삶의 의지를 다지고 있다. 그러기에 바람의 시련 속에서 휘어지더라도 '휘어져 산다는 게/타협만은 아닌 것 같다' (〈강아지풀〉에서)고 말할 수 있는 것은 어느새 시인이 세계의 폭력을 부드러움으로 비껴갈 수 있는 지혜를 터득했음을 보여준다.

　이 자유로운 시적 담화의 시대에 전통적인 양식을 수용하면서 시조를 짓는다는 것은 어떤 의의를 지니는가? 우리 시대에 시조를 짓는 시인들은 누구나 이런 문제의식을 가지지 않을 수 없을 것이다. 주목할 것은 예술의 양식은 내용과 밀접한 상관관계가 있다는 것이다. 평시조, 연시조, 사설시조의 차이는 수사학이나 내용과도 긴밀히 연관되어 전개되었다. 시조시인 이애자는 이런 의식을 팽팽한 긴장 속에서 놓

치지 않으면서 시를 쓰고 있다. 그것은 그가 강인한 응시의 힘으로 대상을 바라볼 때나 현실과 역사의 흐름에 적극적으로 개입하여 발언하는 경우에 따라 미세하게 시조의 양식과 수사에 변화를 보이고 있다는 점에서 드러난다. 시인은 삶의 고통과 각성을 예술의 형식으로 승화시키고 있다. 수사학이 진실을 가리는 수단이 아니라 진정으로 여실함을 드러내기 위한 언어와의 싸움에서 그려지는 무늬라고 말한다면 우리는 그의 시조를 인고의 수사학이라고 부를 수 있을 것이다.